Le Frère et la Soeur

Mary Shelley

© 2023 SHS Editions
Le portail des sciences humaines et sociales
Illustration de couverture : © domaine public
Edition : SHS éditions (Hérault, 34)
Contact : infos@culturea.fr
Imprimé en Allemagne par Books on Demand
In de Tarpen 42, Norderstedt.
Design typographique : Derek Murphy
Layout : Reedsy (https://reedsy.com/)
ISBN : 9791041921201
Dépôt légal : Avril 2023

LE FRÈRE ET LA SŒUR.

On sait que ces haines de familles et de partis qui désolèrent l'Italie au moyen âge, et que Shakspeare a si bien décrites dans Romeo et Juliette, existaient presque dans toutes les villes de cette belle péninsule. Ses plus grands citoyens en furent les victimes ; par elles, des hommes qui jouissaient, la veille, de tous les avantages de la richesse, de la considération, sortaient des portes de leur cité natale, pour aller végéter dans l'exil et la pauvreté. On voyait ces malheureux bannis s'éloigner à pas lents de leurs foyers ravagés, regarder en arrière pour contempler encore une fois les flammes dévorant leurs maisons, ou la poussière élevée au-dessus de leurs décombres. Alors se dirigeant vers l'asile le plus proche, ils se préparaient à commencer une carrière de dépendance et de pénurie, en attendant qu'un changement de fortune les mît à la place de leurs oppresseurs. En ce pays, où chaque ville formait un État séparé, passer de l'un à l'autre, c'était quitter un lieu chéri pour vivre sur un sol étranger ou plutôt ennemi ; car chacun de ces petits états nourrissait contre ses voisins des sentimens de mépris ou de jalousie. L'exilé, forcé de se réfugier près de ceux qu'il avait combattus et qui devaient voir son humiliation avec joie, éprouvait sans doute un redoublement de douleur ; mais il préférait en général cette triste existence aux ressources que lui offrait le service étranger, qui l'aurait entraîné loin de cette terre d'Italie, si chère à ses enfans, loin des murailles natales pour lesquelles les Italiens de ce temps conservaient un amour, une vénération que les plus criantes injustices, les plus odieuses persécutions ne pouvaient affaiblir. Aussi a-t-on vu plus d'un proscrit hasarder sa vie, comme Foscari de Venise, pour revoir sa patrie un seul moment. D'autres, ne pouvant rentrer dans son enceinte sacrée, s'en écartaient le moins possible, afin de profiter des chances favorables qui pouvaient se présenter pour leur rappel.

On se battait dans les rues de Sienne depuis trois jours et trois nuits. Le sang inondait le pavé, les gémissements des blessés, des mourans excitaient leurs amis à les venger, au lieu d'inspirer à tous le désir d'épargner les vaincus. Enfin, le matin du quatrième jour, Ugo Mancini, avec un petit nombre de ses partisans, fut chassé de la ville. Des secours de Florence, subitement arrivés à ses ennemis, avaient assuré leur triomphe. Brûlant de rage, torturé par une soif de vengeance impuissante, Ugo parcourut les villages environnans pour tâcher de les soulever, non contre sa ville natale, mais contre les victorieux Tolomei. Ses efforts ayant été infructueux, il se décida à la démarche équivoque d'implorer le secours des armes des Pisans. Mais Florence tenait Pise en respect, et le proscrit ne trouva qu'un obscur asile où il espérait gagner d'utiles alliés. Il avait été grièvement blessé dans les derniers combats ; mais, soutenu par un courage presque au-dessus de l'humanité, il ne succomba sous le poids de ses maux corporels que lorsqu'un refus désolant repoussa ses demandes. Ce fut sur un lit de douleur qu'il ne devait plus quitter, qu'il reçut la nouvelle de son bannissement et de la confiscation de ses biens. On lui renvoya ses deux enfans, destinés à partager sa misère ; sa femme n'existait plus, et ils formaient à eux seuls tout ce qui restait de sa famille. En ce moment, leur présence ne pouvait qu'ajouter à l'amertume de ses sentimens ; toutefois les émotions violentes qui l'agitaient auraient pu s'appeler encore du bonheur, en comparaison de ce qui les suivit, la privation totale d'espérances, jointe à l'inaction dévorante de la maladie et de la pauvreté.

Pendant cinq mortelles années, Ugo Mancini resta sur sa misérable couche, alternativement en proie à des douleurs atroces, ou plongé dans l'engourdissement de la faiblesse. Le revenu d'une petite ferme qu'il possédait hors du territoire de Sienne, suffisait à peine à sa pure subsistance. Tous ses suivans et serviteurs furent obligés de chercher ailleurs des moyens d'existence, et il demeura seul avec ses maux et ses deux enfans, qui n'abandonnaient le chevet de leur père, que pour vaquer aux soins que son état exigeait.

Une haine violente pour ses ennemis, un ardent amour pour sa ville natale, étaient les sentimens qui remplissaient constamment l'ame de l'infortuné proscrit. Il les implanta dans l'imagination active de son fils, où ils se développèrent avec une force singulière. Lorenzo Mancini n'avait que douze ans à l'époque de l'exil de son père, et ses pensées se reportaient avec une tendresse bien naturelle vers ce lieu où il avait passé une si heureuse enfance, au milieu des soins les plus empressés, des sourires toujours prodigués à la grandeur, de toutes les douceurs que donne l'opulence. Maintenant quel affligeant contraste ! Le dénûment, la solitude, le spectacle continuel des souffrances paternelles, l'obligation prématurée de s'occuper des besoins d'une famille, tout contribuait à jeter un sombre voile sur sa destinée présente.

Lorenzo, l'aîné de sa sœur de plusieurs années, devint l'économe de la maison, la garde-malade de son père, l'instituteur, le guide de la petite Flora. Mais l'esprit énergique de ce jeune homme, loin d'être abattu sous le poids de soins si sérieux pour son âge, s'éleva au niveau de sa position. Son air était calme et grave, mais non soucieux ; ses manières modestes, sans bassesse ; sa voix avait une douceur féminine, mais dans son regard brillait une héroïque fierté.

Cependant le malheureux Ugo allait déclinant de jour en jour et tous les instans de Lorenzo étaient consacrés à consoler, à servir son père. Il était infatigable dans ses soins attentifs. Ses membres étaient toujours agiles, son esprit lui fournissait toujours des paroles encourageantes. Son unique plaisir, dans les intervalles de calme du pauvre malade, était d'entendre de sa bouche les louanges de leur ville natale, et l'histoire des griefs que de temps immémorial les Mancini avaient eus contre les Tolomei. Bien qu'il fut doué des plus nobles qualités, Lorenzo était Italien, et comme tel, l'amour de sa patrie, la haine des ennemis de sa famille dominaient toutes les autres passions dans son cœur, où la solitude, l'absence totale de distraction leur avait fait prendre une énergie plus qu'ordinaire. Tandis qu'il veillait près du lit paternel, son esprit se plaisait à rêver son retour dans son cher pays, à songer à la vengeance qu'il pourrait alors exercer contre les oppresseurs, les assassins de son père.

Ugo répétait sans cesse : Je meurs parce qu'ils m'ont exilé ! Enfin, ces tristes mots devinrent une vérité, et l'infortuné succomba sous les coups de la destinée. Lorenzo reçut le dernier soupir de son père bien-aimé, de son père qu'il chérissait comme une mère chérit l'enfant débile qu'elle a soigné depuis sa naissance jusqu'à sa mort prématurée. Il crut ensevelir dans l'obscur tombeau d'Ugo Mancini tout ce qui méritait d'être honoré sur la terre, et s'éloignant lentement de ces restes précieux, il regretta profondément la triste occupation de tant d'années. Il aurait, sans hésiter, échangé pour le lit de douleurs sur lequel toutes ses affections, toutes ses pensées s'étaient jusqu'alors concentrées, cette liberté isolée, à laquelle il n'attachait aucun prix.

Cependant, le premier usage qu'il fit d'une liberté si chèrement achetée, fut de retourner à Sienne avec sa petite sœur. En entrant dans sa ville natale, il crut entrer dans un paradis ; bien qu'elle ne pût avoir d'autres charmes à ses yeux que ceux qui lui étaient prêtés par son imagination. Pas un ami, pas un parent, ne lui restaient dans ces murs. Suivant l'usage barbare du temps, le palais de son père avait été rasé, et ses ruines amoncelées restaient comme un monument de l'abaissement de sa famille. Mais Lorenzo ne les voyait pas sous cet aspect. Souvent, à la nuit, quand les étoiles du ciel étaient les seuls témoins de son enthousiasme, il grimpait sur la partie la plus élevée de ces décombres, et passait de longues heures, rebâtissant dans sa pensée ces murailles dévastées, et consacrant de nouveau à une noble hospitalité, aux douces jouissances domestiques, le foyer maintenant couvert d'herbes parasites. Au milieu de ces vestiges d'une grandeur passée, il croyait respirer un air embaumé ; le souvenir de ce qu'avaient été ses ancêtres, l'idée de ce que pourraient être un jour ses descendans, remplissaient son cœur d'un délice inexprimable.

Cependant, si les illusions de son imagination ne l'eussent pas trompé sur sa véritable position, il eût compris que sa ville natale était le seul lieu du monde où son ambition ne pouvait se flatter d'aucun succès. Les Tolomei régnaient en despotes dans Sienne. Ils avaient conduit ses citoyens à la victoire, ils les avaient enrichis des dépouilles de l'ennemi ; leur nom était adoré, et, pour les flatter, la populace était toujours prête à maudire le nom de Mancini. Lorenzo ne possédait pas un pouce de terre dans les murs de la cité. Les murmures de la haine populaire suivaient partout ses pas, et partout les honneurs rendus à ses ennemis et le pouvoir sans bornes qu'ils exerçaient, offusquaient sa vue. Toutefois, telle est la bizarrerie du cœur humain, il n'aurait pas quitté l'obscure et misérable existence qu'il traînait sur le sol qui l'avait vu naître, dans l'espoir de devenir l'un des courtisans les plus favorisés de l'empereur.

Regagner l'affection de ses concitoyens, et humilier l'orgueil de ses ennemis, c'était là le but de tous les projets qui répandaient quelque douceur sur ses heures solitaires. Il prit la résolution de consacrer sa vie a l'accomplissement de ces projets et ne douta point qu'ils ne dussent enfin réussir. Le chef actuel de la maison des Tolomei n'avait que deux ans de plus que lui, et il imagina que la providence le favorisait en lui donnant un adversaire contre lequel il pouvait lutter a armes égales, si jamais l'occasion s'en présentait. Le comte Fabiano dei Tolomei était regardé comme un cavalier de la plus haute espérance et Lorenzo pensait avec joie qu'il avait en lui un noble antagoniste. Il partageait son temps entre la pratique des exercices militaires et l'étude réfléchie du peu de livres qu'il possédait. Dans les réunions publiques, il se montrait sur la place modestement vêtu ; mais sa taille élevée, la noblesse de son maintien, l'expression mélancolique de sa belle physionomie, attiraient tous les regards, bien que des préventions invétérées contre sa race, et la basse envie de flatter le parti dominant, empêchassent qu'on ne lui rendît la justice qu'il méritait. Sa dignité calme était taxé d'orgueil, son affabilité de lâche souplesse ; son désir de se distinguer paraissait l'indice d'un esprit factieux. On disait que le jour où ce rejeton d'une famille abhorrée sortirait de la ville serait un heureux jour. À ces outrages lancés contre lui par des êtres mercenaire ou infatués, Lorenzo ne répondait que par un sourire de mépris, dédaignant de s'en souvenir, souvent même de s'en apercevoir. Il savait trop bien que la fortune ne se serait pas plus tôt éclairée en sa faveur, que l'on verrait ces bouches, maintenant empressées à l'insulter, lui donner mille bénédictions. C'était seulement quand des ennemis moins vulgaires se présentaient sur son chemin, qu'il se redressait de toute sa hauteur, et leur rendait avec usure leurs regards de défiance et de haine.

Mais s'il se résignait à endurer l'injuste aversion, les injures de ses compatriotes, avec une contenance calme, qui ne manquait jamais de fierté, il éloignait avec la plus tendre vigilance sa jeune sœur de ces scènes pénible. Chaque matin, il la conduisait, cachée sous un long voile, dans quelque obscure église, où ils entendaient la messe. Quand, aux jours de grande fête, les temples étaient encombrés de dames et de cavaliers richement parés, de bourgeois et d'artisans dans leurs habits de gala, ce couple aimable gagnait une place solitaire et sombre, l'un se penchant en souriant du côté de la belle enfant, qu'il regardait avec des yeux paternels, l'autre se pressant timidement contre son unique protecteur. Flora ne connaissait aucune affection sur la terre, hors celle qu'elle sentait pour son frère. Elle était sa cadette de sept ans ; elle avait grandi sous ses yeux ; et, tandis que leur père se mourait lentement sur son lit de douleur, Lorenzo avait rempli sa place auprès d'elle, et lui avait tenu lieu de parens, de tuteur. La plus tendre mère n'aurait pu l'égaler en complaisance, en dévouement, et le sentiment que lui inspirait sa jeune sœur recevait encore un degré de douceur de la différence des sexes. Naturellement disposé à l'indulgence, à la bonté, envers toute créature faible, sans appui, il prodiguait à Flora les attentions les plus délicates : il la traitait comme si elle eût été une princesse élevée sous des lambris dorés.

Son costume était simple, il est vrai, mais elle pensait qu'il convenait à une demoiselle modeste de se vêtir ainsi. Ses ouvrages à l'aiguille semblait sortis de la main des fées ; et sous la tutelle de son frère elle était devenue réservée, sédentaire, laborieuse, parce qu'il lui disait toujours que telles étaient les vertus que l'on exigeait de son sexe. jamais aucune idée de pauvreté ou de dépendance, n'était entrée dans son esprit. Si Lorenzo eût été le seul être humain qui l'eût approchée, sans doute elle aurait pu se croire l'égale des premières dames de la ville ; mais les domestiques, et quelques femmes des classes les plus humbles de la société, avec lesquelles sa position la mit en contact, la lui firent connaître, et en même temps tout ce qu'elle devait à la bonté sans égale de son frère, qu'elle révérait comme un être au-dessus de l'humanité. Deux ans se passèrent pendant lesquels le frère et la sœur jouissaient, dans l'obscurité et la pauvreté, des biens les plus doux de la vie, une affection mutuelle, un honneur sans tache et de flatteuses espérances. Si jamais une pensée inquiète faisait froncer le sourcil de Lorenzo elle concernait la destinée future de Flora, dont la beauté enfantine annonçait déjà ce qu'elle serait dans son parfait développement.

Pour l'amour d'elle il se hâta d'exécuter le plan qu'il avait formé depuis long-temps, de tâcher de ressusciter son parti dans Sienne, et de chercher à cet effet, au lieu de l'éviter, une rencontre avec le jeune comte Fabiano, sur la ruine duquel il espérait s'élever : le comte Fabiano, les délice de ses concitoyens, cité comme le modèle des cavaliers accomplis, orné des qualités les plus brillantes, qui par son esprit, son aimable gaieté, ses manières engageantes, les graces de sa figure · aurait obtenu l'admiration, l'amour de tous ceux qui l'entouraient, même sans le hasard de sa naissance.

Ce fut un jour de fête publique que Lorenzo résolut de se présenter comme rival de Fabiano. Sa personne était inconnue au comte, qui, dans tout l'orgueil d'un élégant et riche accoutrement regarda avec un sourire de protection le jeune homme pauvrement vêtu, pauvrement monté, qui se présentait pour entrer en lice contre lui. Mais avant que les gages fussent échangés, le nom de son adversaire lui fut révélé, et dès ce moment, cette haine invétérée, ce désir de vengeance, qu'on lui avait inculqué dès l'enfance comme des sentiments religieux, se réveillèrent dans le cœur du noble Siennois avec une terrible énergie.

Il tourna la bride de son cheval, courut vers son compétiteur et lui ordonna de sortir à l'instant de l'arène, et de ne plus troubler les divertissemens des citoyens par l'odieuse présence d'un Mancini. Lorenzo répondit avec une amertume au moins égale, et Fabiano, emporté par la colère, réunit ses suivans pour chasser le jeune homme avec ignominie hors des barrières de la lice. Une troupe formidable menaçait le fils du proscrit, mais le nombre de ses assaillans eût été doublé que Lorenzo les eût attendus de pied ferme. Plusieurs tombèrent sous ses coups avant qu'on l'eût désarmé et fait prisonnier ; mais sa bravoure, loin d'exciter aucune admiration parmi les spectateurs, n'attira que des exécrations. Il fut traîné en prison, et le peuple demanda à grands cris son jugement et sa mort.

Loin de cette scène de tumulte et de sang, dans sa pauvre, mais tranquille chambre, à l'autre extrémité de la ville, Flora, occupée de sa broderie, songeait en travaillant aux projets de son frère, et le voyait déjà revenir victorieux. Les heures s'écoulaient cependant, et Lorenzo n'arrivait point ; le jour baissa, il ne parut pas encore. L'imagination active la jeune fille forgeait mille causes de délai ; son frère par ses prouesses avait pu ranimer le zèle des partisans de leur famille ; sans doute il assistait à un festin avec eux, ou bien ils s'occupaient tous ensemble à poser la première pierre pour rebâtir leur palais ! Enfin, un bruit confus de voix féminines et de pas précipités sur l'escalier, l'obligea de se lever toute émue ; elle ouvrit la porte à l'appel glapissant de quelques voisines ; elles entrèrent ; la terreur était peinte sur leur visage ; leurs paroles sortaient de leur bouche avec la rapidité d'un torrent, leurs gestes énergiques aidaient à en faire comprendre le sens ; et Flora apprit, non sans difficultés au milieu de cette confusion, le désastre et l'emprisonnement de son frère, le sang versé par lui et la fatale issue que devait avoir son procès. Flora devint aussi froide qu'un marbre. Son jeune cœur se remplit d'une terreur qui lui ôtait la force de parler. Elle ne pouvait se représenter clairement ce qu'elle craignait, mais cette idée indistincte lui causait une indicible horreur. Lorenzo était en prison, le comte Fabiano l'y avait fait conduire, il devait mourir !… Accablée par de telles nouvelles, elle demeura quelques minutes incapable de prendre aucune résolution ; cependant, surmontant avec effort cette influence décourageante, sans répondre aux questions qui lui furent adressées, sans proférer un mot de plainte, elle sortit, descendit rapidement le haut escalier et se dirigea d'un pas rapide vers la prison. Elle savait de quel côté de la ville elle devait la trouver ; mais il était si rare qu'elle sortit de son logis, qu'elle se perdit bientôt dans le labyrinthe des rues, et finit par marcher à l'aventure. Épuisée de fatigue, hors d'haleine, elle s'arrêta devant le portail élevé d'un magnifique palais. La place était entièrement déserte ; le crépuscule fugitif d'une soirée d'Italie, se changeait en profondes ténèbres. En ce moment l'éclat d'une multitude de flambeaux se répandit sur la rue ; une troupe de cavaliers parut ; elle les entendit rire et causer gaiement ensemble. L'un d'eux s'adressa au comte Fabiano en le nommant ; Flora se recula d'abord involontairement, mais presque aussitôt elle s'avança et se jeta devant les pieds du cheval du comte en criant : — « Sauvez mon frère ! » Le jeune cavalier retint promptement son coursier, réprimanda sévèrement la suppliante sur son imprudence, et sans daigner ajouter une seule parole, il entra dans la cour de son palais. Peut-être n'avait-il pas entendu sa prière, il ne pouvait voir celle qui l'implorait, il avait cédé à un mouvement d'impatience momentané ; quoi qu'il en soit, la pauvre enfant, blessée jusqu'au cœur de ce qui lui semblait une insulte personnelle, s'éloigna en tâchant de retenir les larmes qui coulaient de ses yeux. Quelque temps encore, elle continua sa course ; mais la nuit complète lui ôtait l'espoir de trouver le chemin de la prison, et elle se décida à reprendre celui de sa demeure. Cependant elle avait été si préoccupée, en marchant, qu'elle n'avait point remarqué la route qu'e le parcourait, et il lui fut impossible de se reconnaître. La peur, une extrême lassitude, se joignirent à ses autres peines, et des pleurs amers baignaient son visage tandis qu'elle errait ainsi, désespérant de regagner l'asile où elle ne devait pas revoir son protecteur bien-aimé. Enfin elle vit au coin d'une rue l'image d'une madone, devant laquelle brûlait une lampe, et qu'elle savait proche de son logis. Avec la dévotion qui caractérise les habitans de cette contrée, elle se mit à genoux pour remercier la sainte Vierge du secours qu'elle lui accordait ; elle la priait pour son frère, quand un bruit de pas se fit entendre, et bientôt la voix de Lorenzo frappa son oreille, elle se sentit enlacée dans ses bras. Cela paraissait un miracle, mais il était réellement là, toutes ses craintes avaient cessé.

Lorenzo s'informa avec anxiété du motif qui l'avait amené seule en ce lieu ; l'explication fut prompte et facile ; il lui conta à son tour ses infortunes de la matinée, et le sort qui le menaçait si la généreuse intercession de Fabiano ne l'eût détourné ; toutefois, il hésitait à dire la triste vérité ; il n'avait pas reçu un pardon complet ; il était banni, condamné à mort si le jour suivant le retrouvait dans les murs de Sienne.

Pendant qu'il parlait, ils étaient arrivés à leur logis, et Flora, avec un soin féminin, plaça un simple repas devant son frère, puis se hâta de faire des paquets de leurs effets. Lorenzo parcourait la chambre, absorbé dans ses pensées ; tout-à-coup il s'arrête, embrasse tendrement l'aimable enfant : — « Où puis-je te mettre en sûreté ? » dit-il, « comment te préserver de tout danger pendant notre séparation, fleur de beauté et d'innocence ?

Flora leva sur lui des yeux alarmés. — « N'irai-je pas avec vous ? » demanda-t-elle. « Je m'occupe des préparatifs de notre voyage. »

— « Impossible, ma très-chère amour. Je vais mener une vie de privations et de périls. »

— « Je voudrais les partager avec toi. »

— « Cela ne peut être, ma bonne sœur. Le destin nous sépare, il faut nous soumettre. Je vais suivre les camps, vivre avec des hommes grossiers, lutter contre des difficultés que je surmonterai facilement, mais qui seraient pour toi d'une nature bien plus dangereuse. Non, ma Flora, je dois te trouver un sûr asile, une protection honorable, et dans cette ville même. » Lorenzo médita encore quelques instants sur le parti qu'il avait à prendre, enfin une pensée le frappa comme un éclair ; « c'est un peu hasardeux, » murmurait-il en se parlant à lui-même. « Cependant je lui fais tort en parlant ainsi ; car si nos fortunes étaient changées l'une pour l'autre, sans doute une telle confiance me semblerait hautement flatteuse. » Alors il pria sa sœur de se parer promptement de ses plus beaux habits, de s'envelopper de son voile, et de le suivre… Elle obéit, car le premier, le plus cher de ses devoirs était d'obéir à son frère. Mais elle pleurait amèrement, tandis que ses doigts tremblans tressaient ses longs cheveux et changeaient rapidement sa toilette.

Ils sortirent tous deux. Lorenzo marchait lentement, et employait les précieux momens qui lui restaient à consoler sa jeune sœur, à lui donner ses derniers conseils. Il promit de revenir bientôt s'il le pouvait ; mais s'il était forcé de prolonger son absence au-delà de ses souhaits, il jurait du moins solennellement d'être auprès d'elle dans cinq ans à dater de cet instant, s'il était alors vivant et libre. Il l'exhorta à reprendre sa sérénité, et dans le cas où il lui serait impossible d'avancer le terme fixé pour son retour, à conserver toujours bonne espérance jusqu'à cette époque. Il lui fit aussi promettre de ne prendre aucun engagement matrimonial ou religieux pendant ce laps de temps.

Arrivés à leur destination, ils entrèrent dans la cour d'un vaste palais. Pas un domestique ne se trouvant sur leur passage, ils montèrent le spacieux escalier. Flora avait écouté les instructions de son frère avec une respectueuse attention, Il lui avait dit de reprendre sa sérénité, et cependant il allait la quitter ; il voulait qu'elle espérât, et il parlait d'une absence de cinq ans, terme sans fin pour une imagination enfantine. Elle promit d'obéir, mais les sanglots étouffaient sa voix, et ses membres affaiblis n'auraient pu la soutenir sans le secours de Lorenzo. Il s'apercut qu'ils entraient dans un appartement habité, éclairé avec profusion, et retenant ses pleurs, elle se cacha soigneusement sous les plis de son voile. Après avoir traversé plusieurs pièces, conduits par les serviteurs du logis qui les supposaient invités à la fête dont les préparatifs se voyaient partout, ils furent enfin introduits dans une salle remplie de tout ce que Sienne possédait de beauté et de noblesse. Tous les yeux se fixèrent sur le jeune couple. La taille imposante de Lorenzo et l'expression douce et fière de ses beaux traits disposaient les dames en sa faveur, tandis que les cavaliers cherchaient à pénétrer ce que leur cachait le voile de Flora. « Ce n'est qu'un enfant, » disaient-ils, « et un enfant affligé ; que signifie cela ? »

Cependant le jeune maître de la maison reconnut à l'instant son hôte inattendu ; mais avant qu'il eût pu demander à celui-ci la cause de sa venue, il s'était approché avec sa sœur, et avait adressé ces paroles au comte :

— « Je n'aurais jamais pensé, comte Fabiano, que je pusse me trouver sous votre toit, bien moins encore vous aborder comme suppliant. Mais ce pouvoir suprême devant lequel nous devons tous courber nos têtes m'a réduit à ce comble d'adversité ! Vous y pourriez tomber vous-même si telle était sa volonté, malgré les anmis qui vous entourent maintenant, et le soleil de prospérité sous lequel vous goûtez en paix les douceurs de la vie. Vous voyez en moi un banni, un mendiant ; mais une semblable destinée ne me fait pas peur ; mon courage se complaît à l'idée de devoir à moi seul ma fortune ; et j'espère, avec l'aide de Dieu, que nous nous reverrons un jour en des situations moins inégales. Dans cet espoir, je m'éloigne avec moins de peine de ma chère patrie, de ces orgueilleuses tours que tant de glorieux souvenirs rattachent à la mémoire de mes ancêtres. Mais ma sollicitude n'est point bornée à moi seul. Mon père mourant m'a légué cet enfant, ma sœur orpheline. Jusqu'à ce jour j'ai veillé sur elle avec une tendresse paternelle. Maintenant, je remplirais mal la charge qui m'a été confiée si j'arrachais cette tendre fleur de son sol natal pour la transporter avec moi au milieu des vicissitudes de l'existence d'un soldat. Seigneur Fabiano, il ne me reste pas un ami ; vos sourires ont aliéné de moi le cœur de mes concitoyens ; et la mort et l'exil ont tellement accablé notre maison par l'influence de la vôtre, que l'on ne trouverait pas dans les murs de Sienne une seule personne de mon nom. A vous seul je puis confier ce précieux dépôt. Voulez-vous l'accepter, jusqu'au moment ou vous le remettrez, soit dans les mains d'un frère, soit dans les mains plus justes de notre Créateur, aussi pur, aussi intact que je le remets dans les vôtres ? Je vous demande protection pour sa faiblesse, sûreté pour son honneur. Voulez-vous, osez-vous recevoir un trésor, en donnant l'assurance de le rendre dans toute son intégrité ? »

Le son de voix bas et touchant du noble jeune homme, et l'éloquence mâle de ses paroles, captivèrent le cœur de tous les assistans. Dès qu'il cessa de parler, Fabiano, fier de cet appel fait à sa générosité, en présence de ses amis et d"e ses parens, n'hésita pas à accepter ce qui lui était proposé, et répondit : « Je reçois et promets solennellement de remplir la charge honorable que vous m'offrez. Je me déclare, devant cette illustre assemblée, le tuteur, le protecteur de votre sœur : elle vivra en sûreté sous la garde de mon excellente mère, et si le ciel permet votre retour, elle vous sera rendue pure et sans tache, comme elle l'est maintenant. »

Lorenzo s'inclina. Sa voix ne put se faire passage quand il pensa qu'il allait se séparer de sa Flora peut-être pour toujours. mais il ne voulut pas montrer sa faiblesse devant ses ennemis. Il prit la main de sa sœur, jeta sur sa taille légère et enfantine un regard de profonde tendresse, puis, après avoir murmuré une bénédiction, il baisa le front pâle de la pauvre enfant abandonnée, salua une seconde fois le comte Fabiano, et sortit de la salle d'un pas lent et calme. Flora, comprenant à peine ce qui venait de se passer, restait tremblante et baignée de pleurs sous son voile. Fabiano prit sa main, et la conduisit à sa mère, à laquelle il parla ainsi : « Madame, je vous supplie, au nom de la tendresse maternelle que vous m'avez toujours montrée, de m'aider à remplir ma promesse envers cette jeune orpheline, en la prenant sous votre gracieuse protection. »

— « Vous commandez ici, mon fils, » dit la comtesse, « et vos ordres seront suivis. » Alors elle fit un signe à l'une de ses femmes ; on conduisit Flora hors de la salle du bal, et elle put pleurer dans la solitude et le silence sur le départ de son frère et sur l'étrange et humiliante position dans laquelle elle se trouvait.

Flora allait vivre sous le toit des anciens ennemis de sa maison, sous la tutelle du plus acharné de ses ennemis actuels. Lorenzo était parti, et elle ignorait vers quels pays il tournerait ses pas. Son unique consolation était de penser qu'elle avait obéi à tout ce qu'il lui avait ordonné. Sa vie était monotone et tranquille. Son occupation habituelle était de travailler, en tapisserie, ouvrage dans lequel elle déployait un goût et une adresse remarquables. Quelquefois elle avait à remplir une tâche pénible, celle de rester près de la comtesse. Cette dame, ayant perdu deux frères dans les dernières querelles entre les Tolomei et les Mancini, nourrissait une haine profonde contre les derniers, et n'avait jamais accordé un sourire à la malheureuse orpheline. Flora se soumettait sans murmure à tout ce qui lui était commandé, encouragée par l'idée que ces souffrances lui avaient été imposées par Lorenzo, et se consolant dans les momens où sa mortification était prête à surmonter sa patience, en se disant qu'elle partageait ainsi l'adversité que son frère endurait sans doute loin de ses yeux. Ainsi elle plia sa fierté naturelle à endurer, sans se plaindre, les airs hautains, les parole offensantes de sa protectrice, ou plutôt de sa maîtresse, qui n'était point une méchante femme, mais qui croyait louable de maltraiter une Mancini. Souvent, il est vrai, la jeun fille ne voyait, n'entendait point les choses offensantes que la comtesse dirigeait contre elle : ses pensées étaient loin des lieux qu'elle habitait, et le chagrin de l'absence de son frère pesait trop fortement sur son cœur pour lui permettre de donner plus que quelques soupirs passagers à ses injures personnelles.

Cependant si la comtesse se montrait dédaigneuse et repoussante envers Flora, il n'en était pas de même de ses compagnes. C'étaient de bonnes et aimables filles de la bourgeoisie de Sienne, ou des dépendans de la maison Tolomei. Le temps de l'exil de Mancini était déjà trop éloigné pour que ces jeunes esprits eussent pu recevoir des semences de haine contre cette famille ; et leurs rapports journaliers avec la douce orpheline devaient nécessairement leur inspirer un vif attachement pour elle. Exempte d'égoïsme et d'envie, modeste, toujours prête à obliger, c'était pour elle un plaisir quand il se présentait une occasion d'aider ses compagnes dans leurs travaux à l'aiguille, et, bien que parfaitement prudente et réservée elle-même, elle écoutait complaisamment leurs petites aventures sentimentales, soit pour leur donner de bons avis, soit pou les assister dans quelque difficulté. Tels étaient les moyens qui lui gagnèrent ces cœurs ingénus. Elles l'appelaient un ange, la regardaient comme une sainte sur la terre, la révéraient intérieurement bien plus que la comtesse elle-même.

Un seul sujet avait le pouvoir de troubler la douce mélancolie de Flora. Les louanges qu'elle entendait sans cesse prodiguer au comte Fabiano, au rival heureux, à l'oppresseur de son frère, ajoutaient un poids insupportable à ses nombreux chagrins. Elle haïssait Fabiano comme le destructeur de Lorenzo, la cause de son exil périlleux. Les qualités les plus aimables du premier lui paraissaient méprisable. et futiles ; et sa personne ne pouvait lui plaire parce qu'elle était l'opposé de son type de beauté. Ses yeux d'un bleu clair et d'une expression douce et gaie, son teint blanc et frais, sa taille svelte et gracieuse, ses cheveux châtains légèrement bouclés, sa voix dont les accens, lorsqu'il chantait, inspiraient l'amour et la tendresse, son esprit brillant et vif, son inaltérable bonne humeur, tout cela n'était que frivolité, fatuité impertinente au jugement de celle qui révérait le souvenir du noble et sérieux Lorenzo, dont l'ame s'était toujours occupée de hautes pensées, dont l'existence était dévouée à de magnanimes sacrifices, dont le courage indomptable et la bienveillante courtoisie offraient le plus haut degré de perfection de son sexe. Combien ces vertus paraissaient à Flora au-dessus du séduisant papillonage de Fabiano ! « Que l'on me parle d'un aigle, » disait-elle quelquefois, « mes yeux se dirigeront vers le ciel, pour contempler un de plus beaux ouvrages de la nature ; mais on rougirait d'arrêter un seul regard sur l'insecte éphémère destiné à briller un seul instant, sans laisser aucun souvenir. » Quelques-uns de ces discours avaient été malicieusement rapportés à la mère du jeune comte, qui adorait son fils, qui le regardait comme l'ornement, le délice de sa maison et de son pays. Elle adressa d'amers reproches à Flora, et pour la première fois, celle-ci les écouta sans la moindre marque de regret ou de soumission. Depuis ce moment, sa situation devint tous les jours plus fâcheuse. Son unique ressource était de fuir les regards des habitans du palais, et de songer dans sa profonde solitude aux perfections de ce frère, dont l'absence prolongée la désolait.

Deus ou trois années s'étaient ecoulées, et Flora n'était plus une jolie enfant, mais une séduisante beauté de quinze an. Semblable à une fleur dont les pétales les plus brillans sont encore fermés, ses charmes à peine développés n'en étaient que plus attrayans. Ce fut dans ce temps, qu'à l'occasion du. passage d'un prince français, la comtesse, son fils et une nombreuse compagnie, composée de leurs parens et de leurs suivans, se disposèrent à sortir de la ville pour aller à la rencontre de l'illustre voyageur. Tandis qu'ils étaient rassemblés dans la grande salle du palais du comte, attendant quelques-uns des leurs, Fabiano parcourait le cercle féminin qui entourai amère, adressant à chacune des choses agréables ou plaisantes. Toutes les fois que son œil caressant et gai se portait sur un de ces jeunes visages, il y faisait naître un doux sourire, et tous les cœurs battaient de joie à ses innocentes flatteries. Après une ou deux phrases galantes, il aperçu Flora qui, cherchait à se cacher derrière ses compagnes.

—— « Quelle est cette fleur, » dit-il, qui veut se dérober aux regards ? » Mais frappé de la noble modestie de son maintien, de ses yeux baissés, de la rougeur légère qui couvrit ses joues, il ajouta d'un ton plus sérieux : « Est-ce un ange du ciel qui habite parmi vous ? »

—— « C'est un ange en effet, monseigneur, » dit avec empressement la plus jeune de la troupe, qui aimait tendrement sa bonne amie Flora. « C'est un ange, car c'est Flora Mancini. »

—— « Mancini ! » répéta Fabiano, en prenant un air à la fois plus affable et plus respectueux : « Êtes-vous, madame, » dit-il, « la fille orpheline d'Ugo Mancini, la sœur de Lorenzo, remise par lui sous ma garde ? » Depuis la soirée où il avait reçu cette noble marque de confiance, le comte, grace au soin constant que sa pupille prenait de l'éviter, ne l'avait point revue. Elle répondit à sa demande par un salut affirmatif, mais son cœur oppressé ne lui permit pas de proférer une seule parole. Fabiano courut à sa mère et lui dit : « J'espère pour votre honneur, madame, que ce que je vois aujourd'hui arrive pour la première fois. Si la triste fortune de cette jeune demoiselle doit rendre au moins momentanément la retraite, l'obscurité convenables pour elle, il serait indigne de nous de faire une suivante du rejeton de l'une des plus nobles familles d'Italie. Que jamais un pareil reproche ne puisse nous être adressé, je vous en supplie ; autrement, comment pourrai-je faire honneur à ma parole, me justifier auprès de son frère de cette honteuse dégradation ? »

—— « Devais-je donc faire ma compagne, mon amie, d'une Mancini ? » répliqua la comtesse rougissant de colère.

—— « Je ne vous demande de faire aucune chose qui puisse vous déplaire, ma mère, » reprit Fabiano ; « mais Flora est ma pupille et non votre suivante : permettez-lui de se retirer. Sans doute elle aimera mieux rester dans la solitude de son appartement, que de figurer dans une fête donnée par les ennemis de sa famille ; du moins qu'elle choisisse elle-même. Parlez, noble demoiselle, voulez-vous demeurer avec nous, ou bien vous retirer ? »

Elle ne répondit rien ; mais levant ses yeux pleins le douceur, elle salua Fabiano et la comtesse, et sortit de la salle.

Depuis ce temps Flora ne s'éloigna jamais des appartemens intérieurs du palaîs, et ne revit plus Fabiano. Elle n'avait point remarqué les éloges qu'il avait prodigués à sa beauté, lors de leur première entrevue, et bien qu'il exprimât souvent son intérêt pour sa jeune pupille, il évitait de s'exposer au dangereux pouvoir de ses charmes.

Elle menait la vie d'une prisonnière, ne se promenant parfois dan le jardin que lorsqu'il ne s'y trouvait personne. Du reste ses momens étaient entièrement a sa disposition, et aucun commandement ne portait atteinte à sa liberté. Ses travaux étaient volontaires. Rarement la comtesse la voyait, et elle se trouvait au milieu des suivantes de cette dame dans la position d'une pensionnaire séculière dans un couvent, tenue de se renfermer dans son asile, mais non obligée d'en suivre les réglemens. Cependant elle travallait avec plus d'assiduite que jamais à ses ouvrages de tapisserie, parce que la comtesse les aimait, et qu'elle pensait ainsi se reconnaître à quelque degré de la protection qui lui était ac>cordée. Jamais elle ne prononcait le nom de Fabiano, etmême elle imposait silence à ses compagnes lorsque celles-ci voulaient parler de lui ; mais elle le faisait dans des termes honorables : – « C'est un ennemi générteux, je l'avoue, » disait-elle ; « toutefois c'est mon ennemi, et tant que je me ressouviendrai que mon frère est errant sur la terre, exilé de son pays et que Fabiano Tolomei en est la cause, il me sera penible de l'entendre nommer. »

Après quelques mois passés dans une réclusion complète, un changement survint dans la vie de Flora. La comtesse prit la résolution soudaine d'aller à Rome pendant les fêtes de Pâques. Les compagnes de l'orpheline étaient folles de joie en songeant aux plaisirs que leur promettait ce voyage, et la plaignaient sincèrement de se priver, par le sentiment de sa dignité, de faire partie de la suite de leur maîtresse ; car on avait dit que Flora n'accompagnerait point cette dame, et demeurerait, tout le temps de son absence dan une villa que les Tolomei possédaient au milieu d'une vallée sauvage des Apennins.

La comtesse partit pour son soi-disant dévot pélerinage dans toute la pompe et l'orgueil de son rang, et Flora fut conduite en même temps dans son asile champêtre. La villa n'était habitée que par le paysan qui cultivait la ferme, ou *podere*, et sa famille, et par une vielle femme de charge. La gaieté, la liberté de la campagne, dans ce pays romantique, semblèrent délicieuses à la jeune fille, et la vie qu'elle y menait convenait bien mieux à ses habitudes méditatives que celle du palais Tolomei, où, forcée de se tenir presque toujours renfermée, le babil souvent importun de ses compagnes était sa seule distraction. Le printemps commençait à déployer les beautés variées qu'il répand avec une si riche profusion sur ces heureuses terres. L'amandier, le pêcher étaient en pleine fleur ; le vigneron, perché avec sa serpette dans les branches des arbres, chantait joyeusement en taillant les festons de vigne. Des bourgeons prêts à sortir de leurs enveloppes rosées, des boutons, des fleurs à demi épanouies, montraient de toutes parts l'influence du renouvellement de la vie végétale. Flora était enchantée ; les travaux rustiques l'intéressaient, et la vieille expérience de la bonne Sandra lui offrait une source d'instruction et d'amusement. Jusque-là son esprit s'était principalement exercé à imiter avec son aiguille les vives couleurs, les formes charmantes des fleurs et des animaux, d'après quelques modèles peints que l'on avait mis à sa disposition. Une occupation nouvelle s'offrait. Elle apprit l'histoire des abeilles, observa les mœurs des oiseaux, s'informa de la manière de cultiver les plantes. Sandra prit en grande affection sa compagne, et bien que cette ancienne intendante ne fût point citée pour sa bonne humeur, ses lèvres austères retrouvaient le mouvement du sourire en faveur de l'aimable étrangère.

Elle continuait à broder et à faire de la tapisserie, par égard pour son tuteur et pour la comtesse sa mère ; mais ce travail n'occupait qu'une partie de ses pensées, et tandis qu'elle était assise à son métier, son esprit se livrait à des rêveries sans fin sur le sort de Lorenzo. Trois ans s'étaient écoulés depuis leur séparation, et les seules nouvelles qu'elle eût reçues de lui dans cet intervalle, lui étaient venues de Milan par un pèlerin qui remit a Flora, de la part de Lorenzo, une croix d'or, un moi après le départ de ce dernier. Elle ignorait s'il avait pris la route de France, d'Allemagne ou de la Terre-Sainte en sortant de Milan ; et son imagination se le figurait tour-à-tour dans chacune de ces contrées, et supposait une suite d'événemens qui avaient pu lui arriver. Tantôt elle le voyait fatigué d'une marche pénible, partageant les dangers, les privations des soldats, et ses yeux se remplissaient de larmes ; puis elle le voyait distingué par son courage, et comblé d'honneur par les souverains ; ses joues se coloraient à l'idée flatteuse des éloges que recevait son frère bien-aimé ; elle se représentait avec délice son air noble et modeste devant les grands, les princes, qui s'empressaient de récompenser un mérite et des vertus si rares. Alors la belle enthousiaste s'arrêtait tout-à-coup ; ses douce illusions disparaissaient comme une ombre légère ; sa raison plus calme lui démontrait que s'il eût réussi comme elle l'espérait, il serait revenu lui faire part de sa prospérité ; et son cœur lui suggérait des motifs bien plus tristes pour la prolongation de l'absence de son cher Lorenzo. Quelquefois elle portait son métier sous les treilles du jardin ; mais lorsqu'il faisait trop chaud pour rester dehors, elle se tenait près d'une fenêtre ombragée par des plantes grimpantes qui donnait sur un profond ravin, au-delà duquel était un bois majestueux. Un jour que ses doigts étaient occupés à imiter sur le canevas un lévrier qui faisait partie d'un tableau de chasse qu'elle achevait pour la comtesse, un cri perçant et plaintif vint frapper son oreille, et fût suivi presque aussitôt par un bruit de chevaux, de pas d'hommes, de voix confuses. On entrait par le côté de la villa opposé à l'endroit où se trouvait Flora ; mais comme le bruit continuait, elle se levait pour aller près de Sandra en demander la cause, quand celle-ci entra dans la chambrre en criant − « O mademoiselle ! il est mort ! venez, venez à son secours ; il a été renversé de son cheval, il ne parle plus ! » Flora s'imagina qu'on lui ramenait son frère expirant, et dans son effroi elle devança la vieille femme dans la grande salle où elle vit, couché sur un litière de branches d'arbres, le corps inanimé du comte Fabiano. Il était entouré de paysans et de domestiques, tous levant les mains au ciel en poussant des cris effrayans à la vue de leur seigneur ; sans songer à le secourir. Le premier mouvement de l'orpheline fut de s'éloigner de ce triste spectacle, mais un second regard sur le front livide du jeune comte, lui fit distinguer un mouvement de ses paupières ; elle remarqua aussi que le sang ruisselait à travers les boucles de ses cheveux, jusque sur le plancher. — « Il n'est pas mort, son sang coule, » dit-elle. « hâtez-vous d'aller chercher un médecin. » Elle courut en même temps chercher de l'eau, en jeta quelques gouttes sur le visage du blessé, fit éloigner la foule qui l'empêchait de recevoir l'impression salutaire de l'air frais, et bientôt il donna des signes de vie qui rassurèrent les bons villageois, aussi prompts à se livrer à l'espérance qu'à la crainte.

Quand le chirurgien arriva, il dit que la blessure, quoique dangereuse, n'était point mortelle.

Flora voulut être sa garde, et remplit ce devoir avec une constante assiduité. Elle le veillait la nuit, et passait la journée à côté de son lit dans cet esprit d'humilité et de charité chrétienne qui anime une sœur hospitalière quand elle donne ses soins aux pauvres malades. Pendant plusieurs jours l'ame de Fabiano semblait prête à quitter ce monde, et l'état de faiblesse qui suivit l'insensibilité dans laquelle il resta d'abord plongé, n'était guère moins alarmant. Enfin il s'aperçut des soins de Flora et en témoigna sa reconnaissance ; elle seule avait le pouvoir de le calmer, de le diriger. Devant elle il ne montrait aucune impatience et prenait docilement de sa main tout ce qui lui était ordonné ; elle n'aurait pu croire ce qu'on lui contait de ses violences envers les autres, si lorsqu'elle revenait près de lui, après une courte, absence, elle n'eût pas entendu de loin le son de sa voix altérée par la colère, et n'eût pas remarqué sur ses joues et dan ses yeux enflammés les indices d'une forte irritation. Mais à son approche, tous ces symptômes disparaissaient.

En peu de semaines, Fabiano se trouva en état de quitter sa chambre, mais on lui défendit de monter à cheval, et ses nerfs étaient encore tellement irrités, que le moindre bruit éclatant ou inattendu, le rendait presque insensé. Les mouvemens les plus paisibles des Italiens sont tellement bruyans, que Flora fut obligée de défendre à tous les habitans de la villa, hors à elle-même, d'approcher du malade. La douce voix, la démarche légère de la jeune orpheline, étaient les remèdes les plus puissans qu'elle pût administrer au pauvre blessé. Il lui semblait pénible, sans doute, d'être sans cesse près du rival, de l'ennemi de Lorenzo ; mais elle fit céder ses sentimens au devoir, et l'habitude lui rendit bientôt sa tâche facile. A mesure qu'il revenait à la santé, elle ne pouvait s'empêcher de remarquer l'expression animée et spirituelle de ses traits, et la bonté, la franchise de ses manières. Dans ses rapports avec elle, ses attentions pleines de délicatesse, ses soins respectueux, parvinrent même à lui plaire. Ses discours étaient variés, piquans ; sa mémoire était richement meublée de fabliaux, de nouvelles, de romans, et comme il s'aperçut qu'elle y prenait un vif intérêt, il tâchait d'en avoir toujours quelqu'un de préparé pour la retenir auprès de lui. Ces histoires romanesques lui rappelaient les aventures qu'elle attribuait à son frère dans son imagination ; et les contes de pays étrangers surtout, avaient tant de charmes pour elle, que Fabiano ne se serait jamais lassé de les dire, pourvu qu'il eût le bonheur de contempler les émotions variées qui animaient le charmant visage de Flora, pendant qu'elle les écoutait. Toutefois elle ne reconnaissait les qualités aimables du comte, que comme une religieuse reconnaîtrait les vertus d'un hérétique ; et tandis qu'il s'efforçait d'augmenter le plaisir qu'elle pouvait trouver dans sa société, elle conservait dans le secret de son cœur, croyant par là satisfaire à ce qu'elle devait à son frère, un reste obstiné, mais non hostile de haine de famille. Toutes les fois qu'elle y pensait (ce qui devenait, il est vrai, de plus en plus rare) elle prenait un ton froid et cérémonieux, et voyait avec satisfaction qu'il en paraissait profondément mortifié.

Deμx mois s'étaient écoulés, et il semblait si parfaitement rétabli, que Flora commença à s'étonner qu'il ne retournât pas à Sienne. Pour remplir son devoir, elle se dit qu'elle souhaitait qu'il partît ; mais comme son teint n'avait pas repris sa fraîcheur, et que ses pas étaient encore mal assurés, en sa qualité de garde-malade, jalouse de compléter sa bonne œuvre, elle répugnait à le voir reprendre trop tôt la vie agitée de la ville. Enfin, deux ou trois de ses amis étant venus le visiter, il consenti a revenir avec eux à Sienne ; déterminé, sans doute, par les regards significatifs qu'ils jetèrent sur sa jolie garde. Il prit congé d'elle avec une respectueuse civilité et une profusioμ de remercîmens exprimés d'un ton absolument différent de sa manière accoutumée, et il ne dit pas un mot sur la possibilité de la revoir.

Elle se croyait délivrée d'un assujétissement importun, mais a sa grande surprise, les journées lui semblèrent d'une longueur et d'un ennui mortel, et à sa très-grande mortification, elle s'aperçut que son esprit ne s'occupait plus uniquement et spontanément de son frère. Quelques semaines de soins étrangers avaient donc pu troubler le cours de ces rêves qui remplissaient toute son existence ! Cependant elle commençait à reprendre avec zèle ses travaux et ses méditations ordinaires, quand Fabiano revint, une semaine après son départ. Il la trouva cueillant des fleurs pour orner l'autel de la Vierge, et lorsqu'elle aperçut le comte, son visage devint aussi vermeil que les roses qu'elle tenait. Il paraissait moins bien qu'il ne l'était en quittant la campagne ; ses joues creuses, ses yeux abattus excitèrent l'inquiétude de Flora ; mais les questions affectueuses qu'elle lui adressa, le ranimèrent quelque peu. Il lui baisa la main, et demeura debout à côte d'elle, tandis qu'elle achevait son bouquet. A voir le tendre intérêt avec lequel il suivait tous les mouvemens de cette gracieuse figure au milieu des fleurs, le spectateur le moins avisé, la vieille Sandra elle même, aurait prédit qu'il serait bientôt guéri par les soins d'un tel docteur.

Flora ne se doutait point des sentimens qu'elle avait inspirés à Fabiano, et des efforts qu'il faisait pour les vaincre. Dès leur première rencontre, sa beauté l'avait frappé, et il s'était déterminé à ne plus s'exposer à la revoir. C'était lui qui avait suggéré l'idée de la placer dans cette retraite isolée pendant le pèlerinage de la comtesse, et il n'avait pas alors le projet de visiter ce lieu ; mais un soir, en allant voir un poulain que l'on élevait pour lui dans les environs, il tomba de cheval, et reçut cette blessure qui l'obligea de recevoir les soins de celle qu'il redoutait, de passer deux mois sous le même toit. Déjà disposé à sentir le pouvoir de ses charmes, sa douceur, sa patience inaltérable envers lui, tant qu'il fut en danger, achevèrent de le subjuguer ; cependant il voulut encore combattre une passion dont il reconnaissait l'extravagance. Il revint à Sienne, décidé à l'oublier ; mais il retourna à la villa, certain que d'elle seule dépendaient sa vie ou sa inort.

Le comte Fabiano ne croyait d'abord avoir à • combattre dans l'intérêt de son amour, que ses préjugés, ceux de sa mère et de sa famille. Mais sa passion ne l'eut pas plus tôt déterminé à surmonter ces obstacles, qu'il craignit d'en rencontrer de plus difficiles à vaincre du côté de Flora. En effet, le premier mot d'une tendresse timidement exprimée, résonna à ses oreilles comme un blasphème, et, pleine de trouble, et même de colère, elle répliqua :

— « Vous oubliez, je pense, et qui je suis et qui vous êtes. Sans parler d'anciennes querelles, bien suffisantes pour nous diviser, sachez que je vous hais comme le wmeurtrier de mon frère. Rendez-le moi, Lorenzo, faites q'il soit rappelé de son exil, gagnnez son estime, son approbation, et quand ces choses, que je crois impossibles, seront arrivées, alors vous pourrez me tenir un langage que je ne puis entendre maintenant. » En achevant ces paroles, elle s'éloigna pour cacher des flots de larmes que ce qu'elle appelait une insulte avait provoqués, et pour déplorer, plus amèrement que jamais, l'absence de son frère et sa propre dépendance.

Cependant Fabiano aimait trop ardemment pour être aussi facilement réduit au silence. Mais Flora ne désirait pas renouveler une scène, des discours violens, si contraires à son caractère. Elle prit la résolution d'employer d'autres moyens pour détruire le malheureux sentiment qu'elle avait inspiré à son protecteur. Elle évitait sa société, et lorsqu'elle était forcée d'être avec lui, elle affectait une froideur si glaciale, gardait un silence si obstiné, repoussait avec tant de constance tout ce qu'il disait pour la toucher, que si le jeune comte n'eût pas été soutenu par une passion que l'espérance accompagne toujours, il n'aurait pu supporter sa situation. Il cessa enfin de parler de son amour, afin de regagner la confiance qu'on lui montrait auparavant.

Ce n'était pas chose facile. Flora ressemblait à un jeune oiseau échappé au piège ; un mot, un rien l'effarouchait, la faisait fuir. Toutefois son innocence et sa candeur la disposèrent bientôt à croire que ses alarmes avaient été exagérées, et à reprendre les habitudes d'intimité qui avaient existé précédemment entre eux. Par degrés Fabiano revint cependant à des insinuations sur son attachement ; il était, disait-il, involontaire ; il ne demandait aucun retour ; il attendait l'arrivée de Lorenzo, qui ne devait pas être éloignée. Flora ne pouvait le quereller à chaque parole qu'il prononçait, et dans l'espoir qu'il se lasserait d'une vaine poursuit, elle se borna à une guerre défensive, et n'employa contre lui d'autres armes que l'indifférence la plus complète.

L'absence de la comtesse s'était prolongée ; elle avait été à Naples pour assister aux fêtes de Saint-Janvier, et n'avait point su l'accident arrivé à son fils. Cette dame revenait alors, et Fabiano, qui se trouvait encore à la villa, résolut de partir pour Sienne assez promptement pour y recevoir sa mère. Mais Flora et lui furent bien surpris de la voir un jour entrer à l'improviste dans la chambre où ils étaient ensemble. Flora s'était toujours formellement opposée à ce qu'il s'introduisît dans la chambre où elle brodait ; mais ce jour-là, il avait pris un si bon prétexte que, pour la première fois, il y fut admis, et on lui permit d'y rester quelques minutes. Combien de minutes s'étaient passées depuis son arrivée, c'est ce que ni l'un ni l'autre n'aurait pu dire : elle s'occupait de son ouvrage, et lui se tenait assis à côté du métier, heureux de pouvoir contempler, sans qu'elle s'en aperçût, sa figure aimable, sa taille gracieuse.

La comtesse, à cette vue, montra autant de surprise que de colère ; mais avant qu'elle eût prononcé une seule exclamation, Fabiano l'interrompit en la suppliant de ne pas détruire ce qu'il avait eu tant de peine à préparer. Il la prit à part, lui expliqua toutes chose de manière à la persuader de l'innocence de Flora et de l'irrésistible passion qu'elle lui avait inspirée malgré les efforts qu'il avait faits lui-même pour s'en défendre, et la fermeté qu'elle mettait à rejeter ses vœux. Accoutumée à céder aux désirs de son fils, la comtesse ne put résister à ses prières, à la vue de son agitation profonde. Le récit de sa maladie, l'assurance qu'elle reçut, non-seulement de lui, mais de tous les habitans de la maison, que, sans les soins de Flora, il aurait péri, la déterminèrent à solliciter elle-même pour le jeune comte la faveur de la fille de Mancini.

Flora, élevée jusqu'à l'âge de douze ans par un homme qui ne consulta jamais ses penchans lorsqu'il s'agissait de remplir un devoir, ne comprenait point qu'elle pût faire une chose par la seule raison qu'elle était agréable, soit à elle, soit à d'autres. Après le départ de son frère, entièrement livrée à elle-même, Flora avait conservé religieusement les principes qu'il lui avait inculqués et la fière indépendance de son caractère s'était renforcée dans la solitude où s'étaient écoulées les années de son adolescence. Personne au monde n'était moins disposé qu'elle à se laisser influencer par les circonstances ; elle savait ce qu'elle devait faire, et les raisonnemens les plus entraînans n'auraient pu l'en détourner.

Ainsi les représentations, les prières de la comtesse furent inutiles. La promesse que Flora avait faite à son frère, cette promesse que l'heure solennelle de leur séparation avait rendue sacrée, devait être religieusement observée. Le respect, la soumission qu'elle avait toujours montré à Lorenzo, loin d'être affaiblis par l'absence, étaient devenus, au contraire, plus puissans sur son ame ; car elle se croyait obligée de se conformer au moindre des souhaits qu'il avait exprimés, maintenant qu'il ne pouvait plus diriger sa conduite. C'était sa vénération, sa tendresse pour ce frère bien-aimé, qui l'avaient seules consolée alors qu'aucun sentiment de sympathie ne lui était accordé, quand la comtesse la traitait comme une dépendante, et que Fabiano oubliait son existence. Aussi, bien que l'aimable esprit, le noble caractère du comte lui eussent inspiré une affection approchant presque de l'amour, cette affection était bien légère, comparée à ce culte que son ame rendait à Lorenzo, à cette passion profonde qui faisait partie de sa substance. La froideur avec laquelle les soins de son amant étaient reçus, lui attira les reproches de la comtesse, qui s'indignait de ce qu'elle appelait son insensibilité. Elle supportait ces reproches avec tant de douceur, que Fabiano l'en aima davantage ; et comme elle reconnaissait la déférence qu'elle lui devait en sa qualité de tuteur, cette autorité qu'il eût, de tout cœur, changée pour le bonheur de recevoir ses ordres, il l'employa pour obtenir qu'elle reprît dans la société le rang qui convenait à sa na1ssance, et occupât chez lui la place d'une sœur. Elle eût préféré la retraite, mais ell crut pouvoir se livrer sans scrupule à sa complaisance naturelle en cette occasion, sachant bien que sa résolution était irrévocablement prise sur un sujet bien plus important.

La cinquième année de l'absence de Lorenzo allait finir : il ne revenait point, et l'on n'avait de lui aucunes nouvelles. Le décret de son bannissement fut rapporté, ses biens rendus, son palais reconstruit, par les soins de Fabiano. Tout cela avait été fait avec tant de délicatesse, qu'il paraissait que les Siennois avaient changé spontanément d'opinion à l'égard de la famille proscrite ; mais cette conduite généreuse exigeait et obtint pleinement la reconnaissance de Flora. Cependant ces appels tacites à sa tendresse la touchaient faiblement dans l'état d'anxiété, presque de désespoir, où la jetait le sort de son frère. Enfin elle ne put supporter plus longtemps cette cruelle incertitude et les regard de reproche de la mère et des amis de Fabiano. Il était loin d'en agir ainsi envers elle ; il lisait dans son cœur, et cessa de lui parler de ses propres sentimens pour ne s'occuper que des craintes que l'on pouvait concevoir sur la destin du noble exilé. Plus le temps avançait, moins on espérait le revoir. Flora s'était déterminée, à l'expiration du terme de son engagement, à s'éloigner pour toujours de Fabiano, si son frère ne lui était pas rendu à cette époque. D'abord elle pensait à se réfugier dans un cloître ; toutefois elle se souvint que Lorenzo s'était montré tout-à-fait opposé à ce parti, puisqu'il avait préféré la confier aux soins de son ennemi. D'ailleurs, à son âge, et en dépit d'elle-même, son ame ne pouvait renoncer totalement à l'espérance, et, malgré la triste probabilité de sa perte, elle conservait encore la pensée consolante du retour de son frère. Quand elle avait reçu la petite croix d'or qu'il lui envoya de Milan, on lui dit ce sa part qu'il avait trouvé dans l'archevêque de cette ville un excellent ami. L'on pouvait donc supposer que ce prélat saurait de quel côté Lorenzo avait tourné ses pas en le quittant ; elle se décida en conséquence à s'adresser à lui. Son plan fut bientôt formé. E1le avait un habit de pélerine, et résolut de partir, sous ce costume, pour Milan, le lendemain de l'anniversaire attendu avec tant d'inquiétudes et d'angoisses.

De son côté, Fabiano, ayant appris de Flora les circonstances qui l'engageaient à visiter Milan, bien qu'elle lui eût caché son projet de se rendre en cette ville, résolut de faire le même voyage. Il en prévint sa mère, mais il la pria de n'en rien dire à sa jeune pupille, afin de lui épargner un redoublement de doutes et d'anxiété pendant son absence.

Le jour fatal arrive, et avec lui la soirée qui devait précéder les deux voyages. Flora avait voulu passer cette journée a la villa des Apennins. Plusieur motifs la déterminèrent à choisir ce point de départ. Il était d'abord plus facile d'échapper de là sans être aperçue ; ensuite, elle désirait éviter la vue du comte et de sa mère au moment où elle était prête a leur infliger une aussi vive peine, malgré la reconnaissance et l'attachement qu'elle avait pour eux. Elle avait passé les premières heures de la matinée à méditer, en parcourant les jardins de la villa, sur sa fuite, sur sa conduite subséquente dans le cas où sa démarche n'aurait aucun résultat heureux, enfin à regretter la tranquillité de sa vie, maintenant à jamais attristé par le malheur de Fabiano, remplie d'amertume par la perte de Lorenzo. Elle n'était pas seule ; forcée de se confier à quelqu'un pour les mesures qu'exigeait son excursion, elle avait choisi la plus jeune de ses anciennes compagnes, la petite Angelina. La pauvre enfant mourait de peur à l'idée de ce qu'elles allaient entreprendre ; mais elle n'osait pas faire des représentations à son amie, et rien au monde n'aurait pu la décider à la trahir. Vers le soir, toutes deux se rendirent dans le bois attenant à la villa. Flora avait apporté sa harpe, mais ses doigts tremblans refusant de faire résonner les cordes, elle laissa l'instrument, elle laissa sa compagne, et s'enfonça dans les massifs d'arbres pour aller dire adieu sans témoins à un lieu consacré par de doux souvenirs. Un torrent s'y précipitait du haut d'un rocher voisin dans un bassin naturel, qu'ombrageait un bosquet touffu ; de là, il descendait, par une pente moins rapide, jusqu'au fond d'un ravin, où il coulait paisiblement. Flora aimait cette sauvage retraite. Le demi-jour produit par les branches entrelacées, le flux perpétuel, le bruit imposant de la cascade, le bouillonnement de ses eaux dans le bassin, leur doux murmure en s'échappant par-dessus ses bords, cette invariable succession d'accidens variés, tout cela s'accordait avec la mélancolie de ses pensées et leur uniforme enchaînement. En approchant pour la dernière fois de la cascade limpide, une larme brilla dans ses yeux ; son attitude indiquait un tendre regret : ses longues tresses, qui tombaient dans un gracieux désordre, son voile léger, sa parure élégante et simple, se réfléchissaient dans le miroir des eaux. Elle crut tout-à-coup distinguer des pas plus fermes que ceux d'Angelina, et Fabiano lui-même s'offrit à sa vue. Ne pouvant se résoudre à partir sans la voir une fois encore, il était venu la chercher à la villa, et, ne l'y trouvant point, il avait pris, comme par instinct, le chemin de ce bosquet, où il l'avait si souvent accompagnée, lorsque, dans sa convalescence, elle soutenait encore sa marche incertaine. Le même sentiment les avait conduits l'un et l'autre en ce lieu. Mais Flora s'alarma de l'y voir, car son secret était sur le bord de ses lèvres. Chacun d'eux cachait une pensée qui l'occupait fortement ; aussi leur entretien fut court ; ils ne dirent pas un mot de ce qui remplissait leur cœur, et se séparèrent avec un simple *bonsoir*, comme, s'ils étaient sûrs de se retrouver le lendemain. Dans cette entrevue, Flora e montra plus sensible à l'affection de Fabiano bien qu'elle lui parlât peu, qu'elle ne l'avait paru depuis qu'il s'était déclaré son amant. Elle croyait pouvoir accorder quelques regards de douce pitié à l'ennemi généreux de son frère, que quand elle songeait que dans quelques heures il éprouverait un chagrin si violent. L'ame du pauvre jeune homme, prête à défaillir à l'instant de quitter celle qu'il aimait, recueillit avec transport ces légers indices de sympathie.

Fabiano passa la nuit à la villa, et partit de très bonne heure pour Milan. Il pressait son cheval comme s'il ne pouvait atteindre assez vite le terme de son voyage. Cependant il savait que son arrivée à ce terme ne le rapprocherait pas du but réel qu'il se proposait ; et il nomma Flora cruelle, ingrate, jusqu'à ce que le souvenir de son adieu plein de douceur vînt ranimer son courage.

Il s'arrêta la première nuit a Empoli, et traversant l'Arno, il monta les Apennins du côté du nord, et pénétra dans leurs profondes vallées couvertes de sapins. Malgré son impatience, les difficultés de la route l'obligeaient à marcher lentement. Enfin, le troisième jour il arriva devant une petite auberge rustique, cachée au milieu d'un bois et sans doute rarement visitée par des voyageurs. L'ardeur du soleil rendit ce refuge agréable à Fabiano ; il conduisit son cheval à l'écurie qu'il trouva déjà à moitié occupé par un beau coursier noir, puis il entra dans l'intérieur de l'auberge et demanda quelques rafraîchissemens. Il eut peine à les obtenir. L'hôtesse était la seule domestique de la maison, elle fut long-temps avant de paraître, et lorsqu'elle vint enfin, son visage portait l'empreinte de l'inquiétude et du chagrin. Un cavalier était arrivé chez elle, malade, probablement mourant d'une fièvre maligne. Son cheval, ses habits, sa bourse bien remplie, annonçaient un personnage considérable ; mais quels secours pouvait-on lui procurer en ce lieu écarté ? On ne pouvait songer à le transporter ; cependant, la moitié de sa peine semblait venir de ce qu'il était forcé de retarder son arrivée à Sienne. le nom de sa patrie excita l'intérêt de Fabiano, et il voulut visiter le malade, tandis que l'on apprêtait son repas.

Cependant, Flora, éveillée par le chant de l'alouette, le jour fixé pour son départ, s'aperçut avec surprise, au bruit qui se faisait dans la maison, que Fabiano y avait passé la nuit. Elle attendit donc qu'il fût parti, à ce qu'elle croyait, pour Sienne ; puis, embrassant tendrement sa jeune amie, après q'elle l'eût aidée à s'ajuster en pélerine, seule avec le ciel, en qui elle espérait trouver un guide, un appui, elle quitta le toit hospitalier de son protecteur dévoué. Avec une résolution qui triomphait de la timidité de son sexe, Flora commença son pèlerinage. Sa marche à pied, était lente, souvent indécise, et il était impossible qu'elle pût regagner son amant, qui, monté sur un bon cheval, avait déjà l'avance de plusieurs milles. Maintenant qu'elle se trouvait ainsi abandonnée au milieu d'un pays agreste, son entreprise lui sembla gigantesque. Le soleil la brûlait ; les pierres, les ronces des chemins montagneux, déchiraient, blessaient ses pieds délicats ; mille craintes l'assaillaient à l'approche de la nuit ; enfin, d'après le conseil d'une prudente aubergiste, elle acheta une mule, et malgré ce secours, ce ne fut que trois jours après son départ qu'elle gagna Empoli. Elle traversa l'Arno, entra dans les sombres forêts des Apennins, et ses frayeurs, son découragement redoublèrent lorsqu'elle se trouva isolée au milieu de ces vastes solitudes. Les clochers des couvens lui servaient de phares, et son habit lui procurait un asile dans leurs murs ; mais que de fois elle s'égara dans les détours de ces sauvages allées ! Souvent elle croyait s'être éloignée du refuge qu'elle cherchait, quand elle l'apercevait tout-à-coup à l'issu d'un bois épais.

Le soir du septième jour de son pélerinage, elle se perdit a travers un labyrinthe de collines escarpées. Le soleil baissait, elle n'espérait plus pouvoir atteindre avant la nuit le couvent bâti sur leurs sommets, d'où elle comptait partir le lendemain matin pour arriver dans la journée à Bologne. Alors, se disait-elle, la partie la plus pénible de ma tâche sera achevée. Mais l'heure de l'angélus était venue, et la cloche ne se faisait pas entendre. Tout était silencieux et désert autour d'elle. On n'entendait d'autre bruit que celui d'un léger vent dans les branches à demi sèches, et l'écho de ses pas tremblans. L'obscurité devint complète, et le désespoir s'empara de son cœur. Tout-à-coup elle distingue à travers les arbres une faible lumière ; elle suit ce rayon consolateur, et il la conduit à une petite auberge, où la vue d'une femme d'un aspect bienveillant et l'assurance d'un sûr abri dissipa sa terreur et la remplit de reconnaissance envers le ciel.

En la voyant si fatiguée, la bonne hôtesse s'empressa de lui donner quelque chose à manger, et de lui préparer un lit. « Je suis fâchée, madame, » dit-elle très-bas, en la conduisant dans un petit recoin bas et obscur, « de ne pouvoir vous accommoder mieux ; mais ma meilleure chambre est occupée par un cavalier malade, et dans ce moment il dort, justement derrière cette cloison. Pauvre gentilhomme ! je pensais vraiment qu'il ne se relèverait jamais, et sans doute s'il doit la vie à quelqu'un, c'est au cavalier qui l'a soigné et le soigne encore maintenant comme un frère, bien qu'il ne soit probablement ni son ami, ni son parent, car ils ne sont pas venus ensemble, et le dernier ne m'a point dit qu'il connût l'autre.

Flora entendit a peine le chuchottement de la bonne femme, tant le sommeil et la fatigue l'accablaient, et si tôt qu'elle eut fait ses prières et posé sa tête sur son oreiller, un sommeil doux et réparateur s'empara d'elle.

Le lendemain, au point da jour, un murmure de voix dans la chambre voisine l'éveilla. Elle se mit sur son séant, et, rappelant ses pensées errantes, chercha à se resouvenir de ce que l'hôtesse lui avait dit la veille. Le malade parlait, mais sa voix était si basse, qu'elle ne put distinguer aucune de ses paroles. On lui répondit ; Flora devait-elle en croire son oreille ? une voix bien connue lui répondit : « Soyez sans crainte, ce paisible sommeil vous a fait un bien infini, et vous serez très-promptement guéri. J'ai écrit à Sienne pour que l'on nous envoie votre sœur ; attendez-vous à voir Flora d'un instant à l'autre. »

On continua de parler, mais Flora n'en entendit pas davantage. Elle se leva, s'habilla à la hâte, et peu de minutes après, elle était à côté de son frère, près du lit de son bien-aimé Lorenzo, elle baisait sa main amaigrie, elle l'assurait qu'elle était bien réellement sa Flora.

– « Si vous êtes réellement ma Flora, » dit-il, « vous m'expliquerez tant de miracles, vous m'apprendrez qui est ce noble jeune homme qui m'a veillé jour et nuit comme une tendre mère veille sur son enfant, se donnant à peine le repos nécessaire, s'épuisant pour me prodiguer ses soins.

– « Comment, cher frère, vous nommer ce cavalier ? vous dire seulement le nom de notre bienfaiteur ne vous le ferait pas connaître. C'est mon protecteur, mon tuteur, celui qui a veillé sur moi pendant votre absence ; c'est le cœur le plus généreux de toute l'Italie, puisqu'il a sacrifié l'orgueil, la haine de famille, à l'honneur, à la justice. Il a rétabli votre fortune dans notre ville natale, il est… »

– « Il est l'amant de ma chère et charmante sœur. J'ai entendu parler de tout cela, » dit Lorenzo, « et je me hâtais d'arriver pour confirmer son bonheur et jouir du mien, quand une fièvre violente a manqué détruire toutes nos espérances, mais grace à Fabiano Tolomei…

– « A qui vous permettrez d'exercer encore un reste d'autorité pour mettre fin à cette scène, » dit le jeune comte en l'interrompant. « Lorenzo n'a pas été jusqu'à présent en état d'entendre les détails dont nous avons à lui rendre compte ; il faut les réserver, ainsi que l'histoire de ses longues courses pour le temps où, rassemblés dans notre ville chérie, nous goûterons la félicité que la Providence, après tant de traverses, nous avait réservée dans la bonté. »